Le diable. — Sa vie, ses mœurs et son intervention dans les choses humaines

Ch. Louandre

© 2024 Culturea
Texte et illustration de couverture : © domaine public (open access licence CC0 1.0 universel)
Édition et mise en page : Culturea (Hérault, 34)
Retrouvez notre catalogue sur http://culturea.fr/
Contact : infos@culturea.fr
Imprimé en Allemagne par Books on Demand Gmbh
Design typographique et layout : Derek Murphy et Reedsy
ISBN : 9791041994496
Date de parution : Avril 2024
Ce livre :
— a été composé avec une police open source libre de droits dessinée sur Open Fondry https://open-foundry.com/
— est édité en libre access sous licence CC0 (Creative Commons Zero) afin de conserver l'oeuvre au plus près des caractéristiques du domaine public.
— offre la possibilité à son lecteur de partager, dupliquer ou distribuer son contenu, sans restriction ni réserve.
— permet de replanter un arbre. SHS Éditions soutient Plantons Pour l'Avenir, fonds de dotation pour le reboisement des forêts françaises
400 projets de reboisement de forêts soutenus depuis 2014 à travers la France
https:/www.plantonspourlavenir.fr/

LE DIABLE.

SA VIE ET SON INTERVENTION DANS LES CHOSES HUMAINES.

I.

Quel est donc cet esprit de ténèbres, homme, serpent ou dragon, qui plane à tous les horizons du passé ? Dans le ciel, il blasphème et se bat avec les anges ; sur la terre, il se sert de l'homme « comme d'un cheval qu'il pique et monte à sa volonté ; » il l'afflige, le tourmente, l'excite au péché, et, dans l'abîme, il le punit d'avoir péché. Il habite, avec les juifs, les carrefours tortueux des villes sombres du moyen-âge ; il se perche, comme les hiboux, sur les toits aigus des couvens, se glisse, la nuit, dans la cellule des nonnes, et va voler pour les magiciens des hosties dans les calices, des os dans les cercueils. Les saints en ont peur, Dieu s'en défie. Le grimoire enseigne comment on l'évoque, le rituel comment on le chasse. L'église le maudit, la sorcellerie l'adore. Cet esprit de ténèbres, c'est le démon de la théologie, le diable du conte monacal et de la tradition populaire.

Le moyen-âge avait trop peur du diable pour en parler raisonnablement. Pour nous, qui ne sommes ni obsédés, ni possédés (et c'est sans doute, hélas ! le seul avantage que nous ayons sur les moines et sur les saints), nous trouverons peut-être quelque intérêt à faire apparaître Satan, non pour lui demander, comme les sorciers, le bonheur, la science, l'amour sans inquiétude et sans larmes, tout ce que l'homme poursuit sans l'atteindre, mais simplement pour le prier de nous conter son histoire, histoire multiple et difficile, qui remonte à la source même des jours, sombre biographie d'un fantôme qu'il faut reconstituer d'après des rêves. Il s'agit d'une biographie, éclaircissons d'abord le mystère des origines.

L'Écriture, qui parle souvent du diable, ne dit pas quand et pourquoi l'auteur des choses l'a tiré du néant. Dieu, qui le nomme et le maudit par la voix de ses prophètes, se tait sur son âge ; mais, quand Dieu se tait, l'homme veut deviner encore. Aux premiers siècles de l'église, le manichéen Bardesanes, s'inspirant des traditions du dualisme, élève le diable jusqu'à l'idée de cause, et il en fait une sorte d'être en soi qu'il oppose au principe du bien. Priscillien le fait naître du chaos et des ténèbres ; Tatien, d'un rayon de la matière et de la méchanceté[1]. — Dans la Judée, au temps de saint Jérôme, les uns lui donnent pour père Léviathan, le grand dragon de la mer ; les autres le chef des anges qui s'unirent avec les filles des hommes avant le déluge. — Selon saint Augustin, Dieu aurait créé les bons et les mauvais esprits comme un poète qui, pour relever les beautés de son œuvre, y sème les antithèses ; cependant, si grandes que soient l'autorité de l'évêque d'Hippone et sa pénétration dans ce qui touche les mystères, il est peu probable que l'éternel artiste qui a fait ce monde y ait introduit le mal par une fantaisie de rhéteur. — Selon la tradition dogmatique, Satan et ses anges, innocens et purs dans l'origine, appartenaient à cette classe d'intelligences supérieures qui étaient comme les prémices de la création. Ils habitaient les régions de la lumière et de la sérénité, et Dieu les avait initiés aux secrets de sa sagesse, mais ils ne tardèrent point à déchoir de leur rang suprême en cédant aux inspirations d'une volonté mauvaise. Ils tombèrent par l'orgueil et la concupiscence : par l'orgueil, en cherchant à s'élever d'eux-mêmes, et sans le secours de la grace, à l'éternelle béatitude, en disputant à Dieu la souveraine puissance, en lui refusant, comme des vassaux révoltés, l'acte de foi et d'hommage. Ils tombèrent par la concupiscence en demandant aux filles des hommes des caresses et des voluptés que de purs esprits ne doivent pas connaître. Dieu, pour les punir, les bannit de sa présence en les maudissant, et leur place ne fut plus trouvée dans le ciel, comme le dit saint Jean.

Le diable, ainsi que l'homme, n'est donc qu'une créature déchue. À dater de sa chute, il commence sur la terre une vie nouvelle et désolée, et dans le séjour de son éternel exil, il s'enveloppe de tant d'ombre et de mystère, que, malgré ses fréquentes apparitions et les nombreux témoignages de ceux qui l'ont vu, il est presque impossible de donner de sa personne un signalement exact. Est-ce une intelligence servie par des organes ? Est-ce un corps ou un esprit ? Ce n'est pas un esprit, car, suivant la définition de l'école, un esprit, c'est ce que l'œil ne peut voir, ce que l'oreille ne peut entendre. Or, on voit le diable, on l'entend, il parle. Ce n'est pas un corps, car on ne peut le saisir sous une forme tangible, et il franchit les distances avec la rapidité de la pensée. C'est un être indéfinissable et pour ainsi dire impersonnel ; c'est le Protée antique dans ses métamorphoses les plus étranges. Aux jours voisins du paganisme, sur la limite indécise du monde moderne et du vieux monde, il s'habille de la défroque de l'Olympe : il emprunte aux animaux fabuleux de la mythologie, au dragon, à l'hippocentaure, leurs formes fantastiques, aux faunes et aux sylvains leurs pieds de boucs et leurs lascives ardeurs. Comme ce génie gourmand qui sortait du tombeau d'Anchise pour goûter les viandes, il aime à flairer le sang des victimes, à lécher les chairs des sacrifices, et il reste ainsi pendant long-temps une sorte de fantôme à demi païen. Son corps, formé des vapeurs qui montent de la terre ou des parties les plus grossières de la substance éthérée, n'est qu'un simulacre impalpable qui rappelle la seconde enveloppe de la philosophie antique, simulacre subtil comme les nuages, sur lequel cependant la flèche et l'épée produisent une impression douloureuse, et qui laisse, en se consumant par le feu, des cendres pareilles à celles de l'homme. C'est un spectre, ce n'est pas encore un monstre. Mais, à travers le moyen-âge, la superstition elle-même se dégrade ; le diable se matérialise, et, dans ses innombrables métamorphoses, il parcourt l'échelle entière de la création. Homme informe et inachevé, nain ou géant, il est ridé, velu, aveugle comme les taupes, noir comme les forgerons barbouillés de suie ; il a des griffes comme les tigres, des crocs comme les sangliers : il se change, au gré de ses caprices, en ours, en crapaud, en corbeau, en hibou, en serpent, car il aime cette forme qui lui rappelle sa première victoire, et, ce qui n'est pas moins bizarre, en queue de veau[2]. Quelquefois aussi, à en croire le démonographe Psellus, il se montre couvert d'écailles comme les poissons et il respire comme eux, en absorbant l'air par ces écailles. Lorsqu'il veut induire au péché les prêtres et les moines, il emprunte à la femme les séductions de sa grace, ce teint luisant et vermeil, ces doigts effilés qui charmaient les chevaliers, cette cambrure des reins que la Bible a maudite parce qu'elle est fatale à l'homme. Il y a plus ; en 1121, il apparut avec trois têtes à un moine prémontré, et lui dit : Je suis la Trinité, adore-moi[3]. Au XVIe siècle, il apparut en forme de crucifix ; quelquefois il prend la tonsure et les habits sacerdotaux, et, la crosse épiscopale à la main, la mitre sur la tête, il bénit les populations dévotes qui s'agenouillent sur son passage ; on assure même qu'il a chanté vêpres dans l'église de Clairvaux, dans cette même église où saint Bernard avait prié. Faut-il s'en étonner ? Le diable pouvait bien s'habiller du pallium quand l'église elle-même couvrait de l'étole et de la chasuble le dos des ânes et des fous.

Dans les ombrages et les replis de sa nature ténébreuse, Satan n'échappe pas moins à l'analyse que dans ses transformations extérieures. Les jours passent, les années s'accumulent ; tout change ; l'homme même se tourne vers le bien, dans les derniers jours, par impuissance du mal peut-être, mais qu'importe ? Satan seul persiste dans son immuable perversité. Il voudrait se consoler de ses remords par les joies que les méchans cherchent dans le mal, et ces joies perverses ne laissent en lui que l'amertume du passé et l'effroi de l'avenir. Il est envieux, orgueilleux, impur, et sa haine contre l'homme est si profonde, qu'on l'a entendu dire un jour qu'il aimait mieux retourner en enfer avec l'ame d'un damné que de remonter au ciel dans sa félicité première[4]. Les Juifs lui attribuaient l'invention des armes et de la parure, de ce qui tue le corps et l'ame. Les sévériens racontaient qu'il était le père du serpent, que le serpent, s'étant uni à la femme, avait produit la vigne, et que la vigne rappelait encore par ses replis la nature tortueuse de son redoutable aïeul, et par les grains de raisin les gouttes de poison que le serpent y avait laissées, afin de porter au délire et à la fureur ceux qui s'enivreraient de ses fruits[5]. Que l'esprit saint illumine un prophète, Satan inspire un hérétique. C'était lui qui parlait par la bouche d'Arius, et qui prêtait à Manès cette pâleur des saints, indice de la macération, qui abusait les peuples par les apparences de la vertu. L'idolâtrie, ce crime capital du genre humain, comme dit Lactance, les oracles du paganisme, témoignent de la profondeur de ses ruses et de son impiété. On reconnaît sa voix dans les chênes prophétiques de Dodone, dans la voix des sibylles, du bœuf de Memphis et des crocodiles d'Arsinoë. Pour lire ainsi dans les jours qui ne sont pas encore, le démon, comme les anges, est-il donc initié aux secrets de la volonté divine ? a-t-il gardé cette connaissance supérieure qui est le partage des esprits purs ? Non. Les choses immuables et éternelles lui sont cachées : il ne sait pas l'avenir, mais il le prévoit par une longue expérience du passé, par une constante observation des hommes et des évènemens. Une nonne, par exemple, passe auprès d'un moine ; la nonne ralentit le pas et regarde d'un œil oblique et baissé ; le moine soupire. Satan, qui a surpris l'émotion, annonce la chute, et, dans ces sortes d'oracles, il a rarement l'occasion de se tromper. Quand sa science est en défaut, il tente de suppléer par l'étude aux clartés qui lui manquent ; il fait des recherches dans les astrologues, dans Aristote, dans saint Augustin, et débite aux ignorans, comme un secret de sa propre sagesse, la sagesse des livres.

On a souvent comparé le diable chrétien au mauvais principe du dualisme, et à Typhon, le principe du mal dans la théogonie égyptienne. Ahrimann et Typhon rappellent en effet, comme Satan, l'idée du crime, de la douleur et de la mort, la lutte des ténèbres contre la lumière, du mensonge contre la vérité. Les symboles diffèrent à peine : le scorpion est l'emblème de Typhon, et le serpent, l'emblème du diable ; cependant il y a un abîme entre l'ange déchu des traditions chrétiennes et l'esprit de ténèbres des croyances orientales. Ahrimann est coéternel au Dieu bon, il a comme lui la puissance créatrice ; il lui dispute l'empire du monde ; quelquefois même il parvient à l'usurper. Typhon triomphe également d'Osiris. Dans la tradition chrétienne, au contraire, le diable n'est jamais qu'un vaincu ; Dieu garde l'omnipotence, et s'il permet quelquefois à cet esprit de mensonge, qu'il a frappé d'un arrêt sans merci, de tenter, de tourmenter cette autre créature également déchue, aussi méchante peut-être, mais qu'il a rachetée au prix du sang de son fils, c'est qu'il est écrit que l'homme doit gagner sa couronne par le combat. Satan peut nous exciter au mal ; il ne peut jamais nous y contraindre. Sa colère, comme celle de l'Océan, s'arrête aux limites posées par l'Éternel, et se brise souvent contre un grain de sable.

Voilà ce que la théologie, la philosophie, la sorcellerie du moyen-âge, qui se mêlent et se confondent souvent, ont enseigné, à des époques extrêmes et diverses, des origines, de la déchéance, de la personne et du caractère du diable. Nous allons puiser encore à ces sources obscures pour raconter sa vie depuis le jour où la première femme succomba sous ses ruses, jusqu'au moment où, à son tour, il succomba sous les sarcasmes de Voltaire. Nous le suivrons pas à pas dans son enfance, sa jeunesse, sa décrépitude, en un mot, dans toutes les phases de sa vie publique et officielle, qui se partage en périodes distinctes et tranchées. Ainsi, avant la venue du Christ, comme un rival puissant et oppresseur, il disputera à Dieu l'adoration des peuples ; à l'avénement de la loi nouvelle, il défendra les autels du monde païen ; à travers le moyen-âge, tentateur et bourreau, il obsédera les moines et les saints, et se fera le complice de tous les crimes, l'artisan de tous les désastres ; au XVIe siècle, il se mêlera à toutes les disputes, à toutes les arguties ; il sera papiste, luthérien, calviniste, railleur et goguenard, comme les bourgeois de cette grande et cynique époque. Ce sera là, comme l'eût dit Olivier Maillard, le premier point de notre discours touchant le malin esprit.

II.

Il y a bientôt six mille ans que le diable a fait sa première visite à la terre, et nous subissons encore chaque jour, par le crime et la douleur, les conséquences de cette terrible apparition. Ève s'éveillait à peine sur les gazons du paradis terrestre que déjà le démon la guettait pour la tromper. Il s'approcha d'elle comme on s'approche d'une femme qu'on veut séduire, avec des paroles caressantes, des complimens sur sa beauté, et lui fit manger, ainsi que l'a dit Milton, la mort et le péché dans une pomme. Encouragé par ce premier triomphe, l'éternel ennemi épia toutes les occasions d'intervenir, pour le mal, dans les affaires de ce monde.

Sous le nom de Beelzébuth, de Baal, de Belphégor, d'Adramélec, il disputa au vrai Dieu l'adoration des peuples ; à Babylone, il prit la forme d'un dragon vivant, pour se faire rendre un culte ; mais, le prophète Daniel lui ayant jeté une boulette vénéneuse, il la mangea sottement et mourut empoisonné. Job et Sara eurent, entre tous, chez le peuple juif, à souffrir de sa haine. Il fit tomber le feu du ciel sur les troupeaux de Job, et déchaîna l'ouragan contre sa maison. Il étrangla dans la chambre nuptiale les sept premiers maris de Sara. Chose vraiment singulière ! dans ces occurrences fatales, il n'a jamais agi qu'avec la permission de Dieu. Pourquoi Dieu lui donnait-il la permission d'agir ? Nous traversons, dans cette histoire, le mystère et l'inconnu ; je raconte sans chercher à deviner, et ne garantis que l'exactitude des citations.

Le monde, soumis par la femme au douloureux servage du démon, devait se racheter par l'œuvre de la femme. Le Christ annonce à la terre que sa mère a écrasé la tête de l'antique serpent. Le diable alors, comme un roi qu'on veut détrôner, s'arme de toute son audace et de toutes ses ruses pour disputer l'empire. Il essaie, mais en vain, de faire sa proie du dieu qui sera bientôt la proie de la mort ; il essaie même de le tenter, comme plus tard il tentera les hommes, par la richesse et le pouvoir. Cette lutte impie tourne à sa honte. Le dieu voilé sous la chair resplendit bientôt d'un immortel éclat. Satan, ébloui, vaincu, rentre dans l'abîme en criant : Ô Jésus de Nazareth, tu es venu pour me perdre ! Mais il ne tarde pas à remonter sur la terre afin de défendre, par un dernier et redoutable effort, tous les autels du monde païen qui s'écroulent. Apollon avait quitté Delphes ; Balaam s'était exilé de ses temples ; Anubis avait cessé d'aboyer, Apis de mugir. Satan se ligue avec tous ces vaincus du passé contre le vainqueur de l'avenir, et ranime d'une vie factice leurs idoles mourantes, comme plus tard il ranimera les cadavres. Lutte obstinée et dans laquelle il remporte plus d'une triste victoire ! Les *sataniens* se détachant du Christ, choisissent le démon pour leur dieu. Les *messaliens* se croient appelés à soutenir contre l'ange déchu un combat sans repos, et passent leur vie dans l'attitude d'un archer prêt à lancer la flèche contre l'ennemi qui le menace. Au ve siècle encore, Salvien, affligé de la résistance prolongée du polythéisme, s'écriait tristement : *Le démon est partout* (*ubique dæmon*) ; car il avait cru, avec saint Augustin, avec l'église primitive, reconnaître les anges de l'abîme dans les trente mille dieux de la Grèce et de Rome, et retrouver sous les impuretés du culte des idoles toutes les souillures de l'esprit immonde.

Dans l'église d'Orient, pendant la lutte de la foi nouvelle et des antiques croyances, le plus redoutable ennemi des chrétiens, ce n'est pas César, c'est le démon. L'empereur oublie les anachorètes dans la Thébaïde ; mais l'éternel ennemi du monde invisible les poursuit encore au fond de la solitude. Il afflige leur ame par le regret, par le désir, le remords, qui fait désespérer de la bonté de Dieu, et cette tristesse infinie, *accedia*, qui est comme le spleen des moines ; tristesse si profonde, qu'ils tentent quelquefois de s'étrangler. Il afflige leur chair par des douleurs et par des plaies qui rappellent celles de Job. Les vierges qui font sept cents oraisons par jour, les moines qui passent toute une année sans manger, ont peine eux-mêmes à se défendre de ses attaques. Quand la divine harmonie des hymnes intérieures résonne dans l'ame des solitaires comme sur une lyre mystique, il s'élève autour d'eux des bruits confus ; on entend des lions rugir, des chiens aboyer ; le soir, quand ils se couchent sur leurs nattes de jonc, les joncs s'enflamment et les brûlent ; lorsqu'ils ont soif, les sources tarissent au contact de leurs lèvres. Siméon Stylite est rongé vivant par les vers, et ces vers, en se détachant sanglans de sa chair, tombent comme une pluie rouge du haut de sa colonne. Ces prestiges, ces afflictions, sont l'œuvre de Satan. Il épie toutes les faiblesses pour les tenter, tous les courages pour les abattre. Il promet, selon les passions de chacun, de l'or, des femmes, la science ou la gloire. Il montre à sainte Pélagie, la courtisane repentante, des bracelets, des anneaux, tous ces bijoux irrésistibles qui paient les baisers de la femme quand sa jeunesse est en fleur. Saint Antoine surtout, sans doute à cause de sa vertu supérieure, est l'objet de sa haine et de ses obsessions les plus vives. Antoine veut prier : Satan cache ses livres. Antoine croise les bras, s'agenouille et appelle, avec la grace, la méditation qui purifie et les extases silencieuses : Satan, pour le troubler, chante des psaumes. D'autres fois, il l'attaque avec des armes plus courtoises, et, ne pouvant le terrasser par la menace, il essaie de le séduire par la prévenance et la politesse : il allume sa lampe ou va, pour lui, chercher de l'eau aux fontaines voisines. Ruses inutiles ! Antoine répond par la prière ou le signe de croix, et le diable, se voyant vaincu, grince des dents, frappe du pied comme un enfant colère, et quelquefois même il tombe à genoux et demande pardon[6]. Cette lutte obstinée et toujours triomphante de la vertu contre le vice, de la foi soumise contre l'orgueil révolté, de la mansuétude contre la haine, cache un haut enseignement de courage et de résignation, et saint Athanase l'a racontée avec l'inspiration du génie grec, comme saint Antoine la racontait lui-même à ses disciples pour former à la guerre contre l'éternel ennemi les solitaires qui, plus jeunes et moins affermis dans le bien, avaient encore de longs combats à soutenir. Mais, hélas ! en traversant les siècles, cette mystique épopée devait subir, ainsi que toutes les choses saintes, des profanations étranges, et la tentation de saint Antoine, qu'on ne cherche plus dans la prose du patriarche grec, doit aujourd'hui sa célébrité aux théâtres des foires et aux illustrations grotesques de Callot. — Un soir, dans une église d'Alexandrie, cette cité impure où tous les démons de la terre s'étaient donné rendez-vous, saint Macaire vit des diables sous la forme d'enfans éthiopiens qui couraient çà et là parmi les moines. Les uns passaient doucement la main sur la paupière des solitaires pour les endormir, les autres leur mettaient le doigt dans la bouche pour les faire bâiller, et chaque jour, à l'heure des offices, ces mêmes enfans éthiopiens recommençaient leur manége et attrapaient des ames par des distractions coupables. La terreur qu'inspirait le démon était si grande alors, que les moines se levaient pendant la nuit pour faire sentinelle et se défendre par la veille et la prière contre cet ennemi qui ne dort jamais.

Dans le repos de ses cloîtres sombres, l'Occident n'est ni moins crédule ni moins effrayé. Qu'un mystique bâtisse sur les flots troublés du monde une de ces citadelles saintes qui sont l'asile de la prière, le diable s'éveille et prend corps à corps le fondateur et les disciples. Il sait que l'ordre de saint Benoît doit enlever de nombreux sujets à l'enfer, et il dirige contre cet ordre célèbre ses attaques les plus vives. L'abbé de Cluny se met en route pour de pieuses visites et de saintes conquêtes : le diable, qui l'épie, se déguise en renard, et, se plaçant en embuscade sur son chemin, lui saute au cou pour l'étrangler. Sulpice-le-Pieux se rend de nuit à l'église, précédé d'un enfant qui porte un cierge, et le diable, comme ce hibou du *Lutrin*, qui éteignit la lumière dans la main de Boisrude, s'abat à grand bruit d'ailes sur le cierge, en s'efforçant, à coups de bec et d'ongles, de crever les yeux de Sulpice[7]. Tout noir de crimes comme la Discorde, il ne sort comme elle d'un couvent que pour courir dans un autre. Au temps de saint Norbert, il s'attaque aux prémontrés ; il va dans leurs cuisines empoisonner leur dîner, et lorsqu'ils veulent boire, il se montre au fond de leurs gobelets sous la forme d'un énorme crapaud tout gonflé de venin. À Citeaux, il arrose le poisson des moines avec de la fiente de cheval au lieu de sauce, et les jours de jeûne il leur sert des oies rôties, pour les tenter par le fumet et leur faire rompre la sévère observance de la règle. Au XIIe siècle, il tourmente l'abbé Guibert dans son couvent de

Nogent-sur-Seine, et toutes les nuits il apporte dans sa cellule, au pied de son lit, les cadavres des hommes qui avaient péri de mort violente. Plus tard, chez les dominicains de Florence, il obséda Savonarole ; quand le hardi prêcheur faisait la ronde du soir, l'esprit malin amassait autour de lui des vapeurs tellement épaisses, que le dominicain se trouvait comme enfermé dans une prison de nuages, et, quand il voulait dormir, le diable le réveillait, en criant : Savonarole ! Savonarole ! et en changeant chaque fois la prononciation de son nom.

Dans cette nuit du moyen-âge, toute peuplée de fantômes, ce ne sont pas seulement les moines qui ont à souffrir des colères du diable, c'est l'humanité tout entière. Ces orages que la méchanceté de Satan soulève dans les plus secrètes profondeurs de l'ame humaine, elle les soulève aussi dans les élémens. Le vent souffle avec violence, couchant les moissons sur la terre, et faisant tourbillonner comme des feuilles mortes les lames de plomb qui couvrent les toits des églises : c'est que le diable tousse. La terre tremble : c'est que le diable se remue dans l'enfer ; l'incendie serpente à travers les rues étroites des villes : Satan, comme Erys dans la dernière nuit d'Ilion, court au milieu des débris pour attiser la flamme. J'ai vu dans une vieille ville municipale du nord cette légende naïvement traduite sur un beau tableau du XVe siècle. Dans les lointains des derniers plans, sous un ciel d'outre-mer, se dessine une enceinte fortifiée avec des tours à clochetons ; aux créneaux, des têtes grosses comme des tours regardent vers la campagne, et en dehors de l'enceinte une longue file de moines et des échevins portent en grande dévotion une châsse en forme d'église. Cette châsse est celle de saint Foillan : le feu vient d'éclater dans le faubourg, et comme, au moyen-âge, les reliques remplaçaient les pompes, les échevins, entourés de moines blancs, de prêtres qui chantent, d'enfans de chœur écarlates, se sont rendus avec la châsse de leur saint sur le lieu du désastre. La flamme révérencieuse s'est éteinte devant les reliques, et la procession rentre en ville en bénissant Dieu. Cependant le diable, qui guettait son départ, revient auprès des maisons qui s'éteignent ; muni d'un gros soufflet de forge, il souffle à tour de bras sur les cendres avec l'ardeur d'un alchimiste qui voit un lingot se cristalliser dans ses creusets. Le feu se rallume, comme si l'artiste avait voulu montrer que le soufflet du diable, dans les villes qui brûlent, est plus puissant encore que les os des saints.

Ici le démon est incendiaire ; ailleurs il est conspirateur, empoisonneur, assassin, régicide. En 1340, il entre à Paris dans un complot tramé par Robert l'Anglois et quelques moines allemands contre la vie de Philippe de Valois. — En 1118, Hugues de Crécy étrangle Miron de Montlhéry, son parent ; — Philippe répudie Berthe et enlève Bertrade ; — Jean-sans-Peur fait tuer le duc d'Orléans : — c'est le diable qui a voulu le meurtre et l'adultère ; il est plus coupable que Jean-sans-Peur, Hugues et Philippe. Dès les premiers jours du christianisme, on l'accusait d'avoir trempé dans ces crimes que l'humanité doit pleurer jusqu'aux derniers temps : selon saint Justin, il aurait inspiré les juges de Socrate comme plus tard il inspira ceux du Christ, et Justin, dans son indignation, lui reproche la condamnation du sage avec autant d'amertume que la condamnation du dieu. Toutefois, la responsabilité du mal que la primitive église fait peser sur Satan n'affaiblit en rien la responsabilité humaine. Le moyen-âge, au contraire, invoque ses incitations comme des circonstances atténuantes, et le diable, qui remplace le destin, devient l'excuse des coupables.

Jusqu'ici nous n'avons vu dans le démon qu'une victime de la colère céleste, un méchant qui se plaît au crime ; mais jamais, parmi les hauts fonctionnaires du monde invisible, les demiurges les plus occupés n'ont cumulé des emplois plus divers. Sur l'ordre même du juge qui l'a condamné, le diable se charge d'exécuter les hautes-œuvres de la justice divine ; il conseille le mal et le punit dans ce monde et dans l'autre, sur les vivans comme sur les morts c'est ainsi qu'il se fait le défenseur de l'orthodoxie, le complice de saint Dominique et de l'inquisition. Comme les sergens et les archers du moyen-âge, il va exploiter au lit des mourans et saisir à leur sortie les ames qui partent pour l'enfer. Quand la cloche de la paroisse a tinté l'agonie, les démons se rassemblent dans l'abîme aux appels de la trompe infernale, et ils arrivent par essaims auprès du moribond. Ils lui rappellent ses fautes et lui parlent des supplices éternels, espérant ainsi, par le désespoir, avancer l'heure fatale et prévenir la pénitence ; mais les anges, qui n'abandonnent jamais les pécheurs, arrivent à leur tour, et, se plaçant en face des démons, ils consolent le mourant par le souvenir de ses bonnes œuvres. On les retrouve encore, ces fantômes redoutables, auprès du cercueil des morts. Voici ce qui est arrivé en Saxe, au XIIe siècle. Le corps d'un usurier qui s'était réconcilié avec Dieu par la confession avait été exposé dans la chapelle d'un couvent. Les cierges que l'église allume dans les cérémonies funèbres pour écarter, par la lumière, les esprits de ténèbres[8], brûlaient auprès du trépassé, et quatre moines priaient pour son ame. Tout à coup quatre diables noirs et quatre anges lumineux vinrent se ranger à droite et à gauche du cercueil. Les diables, après avoir récité chacun un verset des psaumes, s'écrièrent en même temps : « Si Dieu est juste, si sa parole est la parole de vérité, cet homme doit nous appartenir. » Les anges répétèrent à leur tour quatre versets, et s'écrièrent à la fois : « Silence, esprits impurs ! vous invoquez contre cette ame les paroles qui punissent, nous invoquons pour elle les paroles qui consolent. Ce mort a bu à la coupe du pardon, il s'est enivré des larmes du repentir, et il verra la lumière éternelle. » À ces mots, l'ame joyeuse s'envola vers le paradis.

Le diable, du reste, n'attend pas toujours, pour punir, que la fièvre ou la vieillesse emporte l'homme dans l'autre monde, et, pour jouir plus tôt de l'ame des méchans, qu'il regarde comme sa propriété, il la délie souvent lui-même des liens de sa prison charnelle. On l'a vu, dès les premiers siècles de l'église, à Constantinople, saisir le philosophe

Buddas, qui priait, suivant la coutume orientale, sur la plate-forme de sa maison, et le précipiter dans la rue, en lui reprochant d'avoir propagé les erreurs de Manès[9]. C'était là de sa part une noire ingratitude, car Manès avait tenté de rendre à sa puissance déchue le sceptre de la création.

Bien des siècles après Buddas, on le vit encore défendre par le meurtre les prescriptions des casuistes et des prédicateurs : le 27 mai 1562, vers les sept heures du soir, il étrangla, dans la ville d'Anvers, une jeune fille de bonne maison, parce qu'elle avait acheté, pour aller à une noce, une fraise de toile fine de neuf écus l'aune[10]. L'église eut à le remercier plusieurs fois encore de services plus importans et plus positifs : il aiguisa souvent ses griffes pour châtier les paroissiens qui n'acquittaient point les dîmes, les seigneurs qui oubliaient les monastères dans leurs testamens, les rois qui refusaient d'humilier la couronne devant la tonsure. Mais, en travaillant ainsi à augmenter les richesses du clergé, le diable, en diplomate habile, avait deviné que ce clergé, devenu ambitieux, perdrait en vertu tout ce qu'il gagnerait en aumônes, en héritages, en puissance, et que le servir dans ses intérêts temporels, c'était tout profit pour l'enfer.

Lorsqu'il punit les vivans, Satan emprunte aux lois humaines la forme de leurs supplices. Le bourreau pend les coupables *par le col, jusqu'à ce que mort soit parfaite* ; Satan les étrangle. Dans l'autre monde, les punitions qu'il inflige aux morts sont bien autrement redoutables, Dieu l'ayant investi pour la torture d'une puissance infinie. Je ne rapporterai point ici les ingénieuses cruautés des démons dans la vallée des larmes éternelles. Dante les a chantées. Il a sondé avec l'œil du rêve les cercles de l'empire infernal ; il a vu Lucifer, monstre à trois têtes, étreindre dans sa triple gueule les plus grands pécheurs de l'antiquité païenne et du monde chrétien, Cassius, Brutus et Judas, les ingrats et les traîtres ; il a vu les sujets de ce roi sombre déchirer à coups de dents les damnés, comme le chat déchire la souris qu'il tient sous sa griffe, ou les enfoncer à coups de fourches dans les flots d'un bitume brûlant, et, glacé par ce spectacle terrible, le Florentin est resté quelque temps comme jeté en dehors de la mort et de la vie. Passons vite, admirons et tremblons. Quand le poète chante, le collecteur de textes et de notes doit écouter et se taire.

Dans le moyen-âge cependant l'ironie est toujours à côté des grandes choses ; auprès de l'enfer de Dante, il y a l'enfer des trouvères. Sous la plume de ces conteurs cyniques, Satan a dépouillé son caractère sombre et menaçant : ce n'est plus le lion rugissant qui rôde autour des saints, c'est un joyeux compagnon qui guette le moment où les curés disent la messe, pour aller boire avec leurs chambrières le vin de la dîme. Digne contemporain de Colin Muset et de Rutebeuf, il donne l'exemple de tous ces vices joyeux qui jettent les chrétiens sous sa griffe. Il chante, s'égaie et boit, séduit les abbesses, et joue avec les frères mendians sa cotte et son cheval contre une cruche d'hyppocras ou de vin clairet. L'enfer lui-même est travesti : aux supplices rêvés dans les visions apocalyptiques et dantesques, aux fleuves de feu, aux pluies de soufre, aux étangs de glace, le jongleur, en vrai truand, substitue des supplices grotesques, empruntés aux habitudes peu orthodoxes de sa vie. La triste patrie des damnés n'est plus qu'une vaste taverne, où le diable, déguisé en marmiton, fait cuire les méchans dans de grandes chaudières, et mange au verjus ou à la sauce à l'ail les usuriers et les filles perdues.

Au XVIe siècle, Satan change de rôle, et se fait théologien. Il apprend l'hébreu, et pour mieux disputer il repasse sa logique. À Genève, il annote des gloses pour Calvin ; en Allemagne, il commente avec Luther la bible et les conciles : on dirait que les sympathies de l'orgueil et de la révolte rapprochent le réformateur et le démon. Que le moine de Worms écrive ou médite, qu'il veille ou qu'il dorme, le diable est près de lui qui l'encourage, le gourmande, l'approuve ou le désapprouve par des argumens tirés de saint Thomas, de Scott ou de saint Paul. L'avantage, dans ces conférences théologiques, reste souvent au démon ; il arriva même un jour que Luther, ne sachant que répondre aux arguties de son adversaire, lui lança, à défaut de raisonnemens et de textes, son écritoire à la figure, et dans la chambre de la Wartbourg on montra long-temps sur les murs une tache d'encre qui rappelait la dispute. Au milieu de ce conflit tumultueux de tant d'idées nouvelles, au milieu de cette lutte des traditions antiques et du scepticisme moderne, le diable hésite entre tous les partis, et il se trouve souvent, comme Érasme, *assis entre deux chaises*. Tantôt il encourage Luther à la guerre ; tantôt, comme effrayé des ruines qu'il prépare, il lui conseille la paix, et lui demande avec des reproches amers : Luther, qu'as-tu fait de l'autorité ? Et, par ces reproches, il jette dans l'ame du réformateur cette souffrance du doute, cette tristesse de l'incertitude, que le réformateur avait jetées dans la conscience du monde catholique. C'était bien la peine de nier le pape et les saints, pour affirmer Satan ; c'était bien la peine d'évoquer l'esprit des temps modernes pour se replonger dans les ténèbres du passé, et se montrer plus crédule encore que ces docteurs du moyen-âge, dont l'hérésie insultait la foi. Pour Luther, le diable est le maître absolu, *un maître redoutable qui a dans sa sacoche plus de poisons que tous les apothicaires du monde*. C'est le prince de la terre ; il est partout, dans l'air que nous respirons, dans le pain que nous mangeons. On dirait que Satan s'est relevé de son antique déchéance, et qu'il vient de conquérir l'ubiquité qui n'appartient qu'à Dieu. Ainsi se confondent souvent, dans un même homme, dans un même temps, toutes les grandeurs, toutes les misères. Aux époques les plus sombres du moyen-âge, l'extrême barbarie touche à l'extrême charité ; au XVIe siècle, le scepticisme le plus hardi touche à la crédulité la plus folle. Agrippa écrit à la fois le traité *de la Vanité des Sciences* et un livre de philosophie occulte ; l'auteur de l'*Éloge de la Folie* s'imagine attraper des démons en attrapant ses puces ; — qu'on me pardonne le détail[11] ; — Luther croit reconnaître le diable dans les mouches qui se posent sur sa bible et sur son nez, et le retrouver même dans des noisettes. Les vieilles maladies de l'esprit humain, passées à l'état chronique, ne pouvaient se guérir en un jour, et les penseurs du XVIe siècle, vieillards désabusés, semblaient n'avoir gardé leur foi que pour les contes de leurs nourrices. Le diable lui-même, dans ce chaos des croyances, flotte entre tous les partis. En France, en Italie, il est papiste ; il est hérétique en Allemagne ; et tandis que le moine rebelle au pape emprunte à l'ange rebelle à Dieu des argumens contre l'église, l'église, à son tour, appuie les vérités qu'elle défend sur le témoignage de l'esprit du mensonge, et, dans les exorcismes, elle force le diable à s'expliquer sur les sacremens et la présence réelle. Elle lui demande une profession de foi, et cette profession de foi, toujours favorable à l'orthodoxie, figure comme autorité auprès des canons des conciles.

En vérité, c'est un singulier personnage que ce diable du XVIe siècle : la métamorphose est complète ; il a dépouillé ses formes monstrueuses et bestiales, il s'habille à la dernière mode, se larde de rubans, porte épée et plumet : on dirait un seigneur de la cour. Sur cette limite indécise de la société moderne, sa légende résume toutes les terreurs, toutes les ironies du passé ; ces noms sombres et menaçans des premiers jours, ces noms d'*éternel ennemi, de serpent,* sont remplacés par des sobriquets bouffons, et le vaincu de l'abîme n'est plus que *le pâtissier, le cuisinier de l'Achéron.*

Dans ce temps de moquerie cynique, les excommuniés, en frappant leur abdomen rebondi, disent au curé de leur paroisse : Voyez, l'anathème ne fait pas maigrir ! Le diable, en fait d'impiété, ne le cède pas aux bourgeois goguenards, et se moque même de l'eau bénite. Rabelais, à son tour, se moque du diable et de l'enfer. Et cependant, par une contradiction étrange, au moment même où surgit un scepticisme inoui, les traditions qui s'en vont se réveillent, on l'a vu par l'exemple de Luther, comme au ve siècle les traditions du druidisme s'étaient ranimées dans la Bretagne ; effort impuissant de tout ce qui tombe, de l'homme qui meurt et de l'idée qui s'éteint ! Roi dont le trône chancèle, Satan garde jusqu'à la veille même du dernier revers sa puissance et ses courtisans ; mais le dernier revers arrive bientôt, définitif, inexorable. Le démonographe Vier, le premier au XVIe siècle, avait attaqué le diable dans un pamphlet qui n'était pas sans logique ; deux siècles plus tard, Voltaire, aussi malin que Satan, lui fit avec sa plume une guerre plus redoutable que les moines avec leurs goupillons ; et depuis Voltaire, après avoir chanté les noces du pape, Béranger a chansonné la mort du diable. Mais, hélas ! est-il bien vrai que le diable soit mort ?

Telle est, rapidement contée, l'histoire de la vie publique de Satan, et de son rôle officiel dans l'administration du monde. Affliger, tromper, séduire et punir, telle est la mission qui lui avait été tracée par Dieu même, et cette mission, on l'a vu, il l'a remplie fidèlement. Il nous reste maintenant à le considérer dans sa vie privée, pour ainsi dire ; à étudier ses mœurs, ses rapports intimes avec les hommes, ses liaisons, ses amitiés.

III.

Dans la vie du diable comme dans la vie de l'homme, l'amour est un épisode important. Le dragon qui dans l'antiquité visitait la mère d'Auguste, l'être supérieur et mystérieux qui partageait avec Philippe la couche d'Olympias, se transforme au moyen-âge en incube et en succube, c'est-à-dire en homme et en femme. Le diable est amant, époux et père, et ses galanteries sont attestées par de nombreux témoignages. C'était, du reste, une croyance commode et qui sauva plus d'un scandale dans les cloîtres, plus d'une douleur aux maris, qui ont souvent, comme l'a dit Menot, tant de choses à *rapoincter* dans leur ménage.

Lorsqu'il court les aventures, le démon change de sexe, comme dans ses incarnations il change de forme. Tantôt fantôme insaisissable, il profite du sommeil pour dérober de doux larcins aux femmes que son caprice a choisies ; tantôt, léger comme les songes et les papillons de nuit, muet comme eux, il se pose au chevet des vierges, et quand la vigilance du libre arbitre s'est assoupie, il souille les natures les plus chastes par ces crimes sans nom que le moyen-âge punissait du supplice du feu, comme Dieu punit dans l'enfer.

Les gnostiques racontaient que le prophète Élie, lorsqu'il fut enlevé au ciel, rencontra, par-delà les nuages et plus loin que les étoiles, un démon femelle, un succube, qui arrêta son char de feu et lui dit : Élie, qu'as-tu fait des enfans que je t'ai donnés sur la terre ? Le prophète, qui ne se savait pas père de famille, resta tout surpris ; mais le démon, dans une longue conversation, que nous ne répéterons pas parce qu'elle a été répétée par Bayle[12], lui révéla des mystères si étranges, qu'il fut forcé de se reconnaître chef d'une postérité nombreuse. Ce démon des premiers temps, qui profanait le sommeil des élus de Dieu, porte à travers le moyen-âge, et dans l'Europe entière, le scandale de ses intrigues. Au XIIe siècle, il va tourmenter dans le repos de ses nuits saintes la mère de Guibert de Nogent, et cette mère, pure comme une vierge chrétienne et forte comme une matrone romaine, eût succombé peut-être si l'ange préposé à sa garde n'avait administré au visiteur importun une correction exemplaire[13]. Au XVIe siècle, Satan vit *à pot et à cuillière,* comme on disait alors, avec les prêtres et les moines. Sous le nom d'Ermeline, et sous la forme d'une jeune fille rose et potelée, il enlève en Allemagne le cœur et l'héritage d'un vieux curé à sa vieille chambrière, après une liaison qui avait duré trente ans. À Nantes, du temps de saint Bernard, il se présente, habillé en militaire, chez un marchand de cette ville, séduit sa femme et revient toutes les nuits se coucher près du mari, qui ne se doute pas de la visite[14]. Dans le Brabant, vers la même époque, il demande en mariage une demoiselle de haute naissance qui se destinait au cloître, et, avant de faire sa demande, il commence, utile précaution, par faire sa toilette. Cette fois pourtant il en fut pour ses frais de parure, ses complimens et sa déclaration ; la demoiselle, qui le prenait pour un jeune homme de bonne famille parce qu'il était proprement vêtu, *satis decenter vestitus,* lui répondit modestement : « Cherchez une femme parmi celles qui sont plus belles ; je ne trahirai point mon fiancé divin pour un époux choisi parmi les hommes. »

En Écosse, où l'argent était rare, le diable achetait l'amour et le payait quinze livres, mais il payait toujours en fausse monnaie ; néanmoins les femmes des *highlanders* étaient rarement cruelles : Walter Scott en convient et ne s'en étonne pas. C'est la vieille histoire de Danaë, avec cette seule différence que le vieux roué de l'Olympe était de bon aloi quand il se résolvait en pluie d'or. En Italie, le diable, plus galant, donnait des sérénades et envoyait des fleurs. En Allemagne, il écrivait de longs billets et tournait au Werther ; on en a eu des preuves dans la correspondance sentimentale qu'il entretenait avec une jeune novice du couvent de Nazareth près de Cologne. Cette correspondance fut surprise par le directeur, qui se montra vigilant et sévère parce qu'il était jaloux peut-être, au moment même où la jeune nonne priait son infernal amant de la soustraire aux obstacles des grilles[15].

Heureux privilége ! Satan, pour se faire aimer, n'avait pas toujours besoin d'être aimable. Souvent même il revêtait, pour séduire, les apparences les plus hideuses, et on l'aimait encore, et ses maîtresses étaient fidèles : *Fœminae in illius amore delectantur*, c'est l'abbé César d'Heisterbach qui le dit. Quel était son secret ? Je l'ignore. Mais n'en est-il pas quelquefois ainsi dans les tendresses humaines ? Et les préférés, les plus heureux sont-ils les mieux méritans ? Toujours friand dans ses caprices, le diable s'attaque surtout aux filles de bonne maison, et il dispute à Dieu ses épouses les plus chastes et les plus belles. Malheur à la femme qui tombe par lui ! elle appartient de droit au bourreau. Ainsi, en 1640, il avait fait la connaissance à Cagliari d'une jeune et belle héritière, appartenant à l'une des meilleures familles de la ville. Après quelques mois d'une cour assidue et d'une intimité charmante, l'inquisition, qui avait l'oreille éveillée, fut avertie du scandale, et la pauvre fille, condamnée au feu, attendit jusqu'au dernier soupir que son fatal amant vînt la délivrer. Satan vint, en effet, mais pour emporter l'ame.

Que cherche donc le pervers, comme l'appelle Dante, lorsqu'il vient ainsi souiller ces filles d'Ève, aussi faciles peut-être à tromper que leur mère ? A-t-il besoin de tendresse, lui qui ne connaît que la haine ? Non. Il veut seulement, par un hideux contact, révéler le vice et le péché à ces ames chastes et rares, qui échappent aux séductions des hommes et que l'amour idéal seul pénètre sans les ternir, comme un rayon de soleil traverse un vitrail éblouissant ; il veut, en se croisant d'une part avec la race humaine, de l'autre avec les bêtes fauves, les lions, les tigres et les ours, l'altérer dans son essence et déposer en elle de nouveaux germes de perversité. Les enfans qui naissent de ces tristes unions ne ressemblent pas aux enfans des hommes, ils sont plus maigres et plus pesans, et ils gardent dans leur ame et dans leur corps quelque chose de la nature à la fois supérieure et dégradée de leur père. Ce sont des nains ou des géans, des prodiges de science ou de méchanceté. C'est l'évêque Guichard, que le peuple du diocèse de Paris désignait avec effroi sous le nom du fils de l'incube[16]. C'est l'enchanteur Merlin, ou Robert de Normandie, c'est Attila et la nation entière des Huns. Parmi les grandes familles du monde idéal ou du monde réel, plus d'un arbre généalogique a ses racines dans l'enfer ; seulement, par une étrange aberration, la sottise féodale s'est emparée de cette croyance pour ennoblir ses blasons, et la famille des Jagellons, qui se vantait de descendre des fées, qui sont elles-mêmes les collatérales du diable, en portait les emblèmes sur ses armes.

Ainsi toujours le mal, toujours la haine, même dans l'amour. Encore n'est-ce point assez pour le pervers que ce contact passager qui l'unit, incube ou succube, aux enfans de cette triste famille d'Adam, qui souffrent de tant de douleurs et s'effraient de tant de choses. Non content de les affliger de ses caresses, de les obséder dans une lutte corps à corps, il pénètre en eux, se fond dans leur être, et substitue en quelque sorte son action, sa volonté, à l'action, à la volonté de l'ame. La réalité des possessions est attestée, on le sait, par l'Écriture, par le Christ lui-même, qui délivra au pays des Géraséniens un possédé qui avait en lui une légion de diables. Il semble qu'on puisse en croire l'église sans forfaire à la raison, lorsque, s'appuyant sur la doctrine de l'épreuve et de l'expiation qui donne le mot de tout le mystère humain, elle enseigne que Dieu permet au diable de *posséder* l’homme pour le punir quand il est pécheur, pour l’éprouver quand il est saint, et *consumer par la souffrance l’écume de son cœur*[17]. Mais quand la sorcellerie raconte que Satan, sur l’ordre d’un bohémien, d’un berger ou d’une vieille femme, quitte les profondeurs de l’abîme pour se loger dans le corps d’une pauvre et innocente jeune fille ou d’un bourgeois paisible qui n’a jamais rien eu à démêler avec l’enfer, alors le scepticisme est légitime, et l’on se souvient de ce que disait, en 1598, le docteur Marescot, qui était un médecin de bon sens, à propos de Marthe Brossier, la possédée de Romorantin dont s’est moqué Voltaire : *A natura multa, plura ficta.* Il est si facile, en effet, d’expliquer par des causes naturelles la présence du diable dans le corps des femmes !

Comment s’opère cette redoutable union ? Suivant l’historien juif Josèphe, par la transfusion de l’ame des morts condamnés aux supplices éternels dans la substance des vivans[18] ; suivant une opinion plus générale et plus accréditée, par la transfusion du diable lui-même, soit qu’il reste invisible en pénétrant dans le corps, soit qu’il s’y introduise sous la forme d’une mouche, d’un insecte ou de tout autre animal. Cette superfétation d’un second principe actif dans un même être porte au fond même de l’organisme une effrayante perturbation, et, depuis les premiers jours du christianisme jusqu’aux dernières années du XVIIe siècle, les symptômes de cette affliction surhumaine sont partout les mêmes. Les possédés, comme les lycantropes des Grecs, se détournent de la société des hommes pour s’exiler dans les cimetières et jusqu'au fond même des tombeaux : ils pleurent et gémissent sans avoir un sujet de douleur. Leur figure a la couleur du cèdre, *cedrinus color* ; leurs membres sont raides et appesantis, leurs yeux enflés sortent de la tête, leur langue roulée comme un cornet pend sur leur menton[19]. Des mouvemens convulsifs les enlèvent d'un seul bond à plusieurs pieds de terre, et ils retombent sur la tête sans se blesser. Félix de Nole en a vu qui marchaient comme des mouches sous les voûtes des églises. Saint Martin en a connu d'autres qui restaient pendant plusieurs heures suspendus dans les airs, les pieds tournés vers le ciel, *sans que la pudeur fût offensée*. La présence ou le contact des choses saintes redouble leurs souffrances et leur tristesse. Lorsqu'on leur donne de l'eau bénite à boire, leurs lèvres s'attachent au vase sans qu'il soit possible de les en séparer. Placés devant l'hostie, ils se replient en cercle, et leurs membres craquent comme un morceau de bois mort quand on le casse. Malgré cet ébranlement universel et profond de l'être, l'intelligence des possédés brille par instans d'une lumière plus vive. Ils savent le passé et l'avenir ; ils parlent toutes les langues sans les avoir jamais apprises, et, chose plus surprenante ! sans remuer les lèvres. Mais si troublée que soit leur ame, elle n'est point cependant altérée dans sa substance. La chair appartient au démon, l'ame appartient à Dieu. L'église d'ailleurs, pour déloger cet hôte incommode, savait de mystérieuses formules, de redoutables sommations. Quelquefois même elle soumettait les possédés à un véritable traitement hygiénique. « L'énergumène, dit saint Martin dans l'exorcisme qui porte son nom, l'énergumène jeûnera quarante jours et quarante nuits ; la première semaine, il mangera pour toute nourriture du pain froid cuit sous la cendre, et il boira de l'eau bénite ; les cinq semaines suivantes, il pourra prendre du vin, manger du lard, mais il aura soin de ne point s'enivrer, et il s'abstiendra de la tanche et de l'anguille (sans doute parce que l'anguille rappelle le serpent, qui lui-même rappelle le démon). S'il se lave les pieds, la face ou toute autre partie du corps, il se lavera seulement avec de l'eau bénite. Il ne tuera pas et ne verra pas tuer ; il évitera de souiller ses yeux en regardant des cadavres, et quand le prêtre se présentera pour l'exorciser, il boira de l'absinthe, *usque ad vomitum*[20]. » Saint Pacôme avait une autre recette : il faisait manger aux possédés du pain bénit coupé par petits morceaux qu'il cachait dans des dattes. Saint Hubert ordonnait les bains, et il arriva en 1080 qu'un possédé ayant été par son ordre placé dans un tonneau d'eau froide, le diable, qui ne pouvait s'échapper par la bouche, se retira sous une forme tout aérienne, avec la violence d'une petite trombe, et défonça le tonneau[21].

La sorcellerie, comme l'église, intervint dans les possessions ; elle avait enseigné l'art d'appeler le diable, elle enseigna l'art de le chasser. Mais l'église, dans sa plus grande crédulité même, avait su profiter de la terreur et de la souffrance pour tourner l'homme vers le bien, en lui montrant la foi, l'espérance et la pureté du cœur comme le seul remède à ses maux. La sorcellerie, au contraire, s'égara dans des pratiques obscures où s'éteignirent les dernières lueurs de la raison ; elle prescrivit comme remède souverain d'accrocher de la valériane dans la maison du possédé, ou d'en arroser le seuil avec le sang d'un chien noir, et ces rites absurdes furent adoptés de préférence, parce qu'il est plus facile en effet de pendre de l'herbe à un clou ou de tuer un chien, que de s'élever à l'austère immolation commandée par le christianisme.

À toutes les époques, le diable des possessions se produit dans des conditions pareilles. En Égypte ou en France, dans la grotte de saint Antoine ou dans l'église de Notre-Dame-de-Laon, sous le règne de Néron ou le règne de Henri IV, qu'il parle grec ou français, ce proscrit de l'abîme est toujours insolent, railleur et goguenard ; il accable de ses sarcasmes, de ses bravades cyniques, l'église, les saints, les prêtres, le Christ même. On reconnaît là ce procédé indirect de satire, qui est familier au moyen-âge, ces allusions détournées dont la responsabilité se dérobe et ne revient à personne. Quand les impies craignent l'anathème ou le bûcher, Satan se fait en quelque sorte l'éditeur insaisissable de toutes les impiétés. Voici deux exemples pris au hasard à des dates extrêmes. — On présenta un jour à saint Antoine un jeune homme possédé qui écumait comme une bête fauve, et déchirait à coups de dents ceux qui osaient l'approcher. Le saint se mit en prière et dit au démon : Sors de cet homme. — Vieux radoteur, reprit Satan, vieux gourmand, vieux paresseux, moine fainéant qu'on ne saurait rassasier, qui t'a donné le droit de me tyranniser ainsi ? Je ne sortirai pas. — Le saint prit sa peau de mouton, et, frappant le dos du possédé : Sors donc, puisque je le veux. Le diable alors se mit à crier, à blasphémer, à rire. — Eh bien ! reprit le saint, puisque tu refuses d'obéir, je vais le dire à Jésus-Christ. Et, s'éloignant aussitôt, il fut s'agenouiller au sommet d'une montagne, sous les feux d'un soleil plus ardent que les flammes de la fournaise. Immobile comme une pierre, il fit vœu de rester là sans boire et sans manger jusqu'à ce que Dieu eût ordonné à l'esprit malin de lâcher sa victime. L'ordre ne se fit pas attendre, car Dieu aimait trop saint Antoine pour le désobliger, et on vit bientôt Satan, sous la forme d'un dragon long de soixante-dix coudées, sortir par la bouche de l'énergumène, et se traîner en rampant vers la mer Rouge. Ses écailles sonnaient sur les rocs calcinés comme des larmes d'airain.

Ici du moins il y a encore quelque trait de drame ; mais, en approchant de nos jours, la possession n'est plus qu'une parade bouffonne. Satan abdique toute réserve ; c'est l'arlequin italien, le paillasse de la foire. Je cite mes textes[22].

Le jour des trépassés de l'an 1565, Nicole Obry, de Vervins, près Laon, alla prier sur le tombeau de sa famille. Un spectre, sous la forme d'un homme enseveli, se dressa devant elle et lui dit : Je suis ton grand-père, mort sans confession, et je viens te demander des messes pour le repos de mon ame. Le spectre reparut plusieurs jours de suite, et la jeune fille, que cette apparition jetait dans de mortelles angoisses, criait, écumait, et se roulait par terre. On ne tarda point à reconnaître qu'elle était possédée, et on la conduisit à l'église pour l'exorciser. Maître Louis Sourbaud, docteur en théologie, commença les conjurations ; mais le diable, étant monté sur les voûtes, se mit à lancer des pierres à la tête des assistans, et maître Louis Sourbaud fut obligé de déguerpir. L'archevêque de Laon, duc et pair de France, voulut à son tour tenter l'aventure. — Ah ! c'est vous, monseigneur ! lui dit l'esprit malin aux premiers mots ; vous me faites vraiment trop d'honneur, et, pour vous recevoir comme il convient, j'ai convoqué dans le corps de cette fille dix-neuf diables déterminés. — Monseigneur resta tout interdit, et le diable reprit en riant : Moi et mes amis, nous nous moquons de votre excellence et de Jean Leblanc (Jean Leblanc, dans l'argot de ce diable, était le nom de Jésus-Christ). Je vous ferai cardinal et même pape si vous parvenez à me chasser ; mais, en attendant, je vous conseille d'aller dormir : vous avez trop bu en dînant. — L'archevêque n'insista pas. Les huguenots, qui riaient avec le diable de la mésaventure du prélat, se présentèrent à leur tour. Tournevelles et Conflans, ministres réformés, se rendirent auprès de Nicole Obry. — Qui êtes-vous ? — D'où venez-vous ? Qui vous a envoyés ? leur demanda le démon. Et depuis quand un diable peut-il en chasser un autre ? — Je ne suis pas diable, dit Tournevelles, mais serviteur du Christ. — Serviteur du Christ ! reprit Satan ; mais en vérité, Tournevelles, tu t'abuses ; tu es pis que moi. — Conflans, pour tirer d'embarras Tournevelles, qui ne savait que répondre, se mit à lire les psaumes de Marot. —

Penses-tu me charmer, lui dit Satan, avec tes plaisantes chansons ? c'est moi qui les ai faites. Heureusement la Vierge se mêla de l'affaire ; elle somma Satan de partir, et il obéit ; mais, en quittant Nicole Obry, il alla, pour se venger, briser toutes les ardoises qui couvraient l'église, arracher toutes les fleurs dans le jardin du trésorier, et il partit ensuite pour Genève, où l'appelaient les intérêts de la réforme.

Ce long drame des possessions, ce drame barbare comme les mystères du moyen-âge, devait, au seuil même du grand siècle de Louis XIV, se dénouer par un supplice. En 1634, sur la déposition des religieuses de Loudun et d'Astaroth, chef des diables de l'ordre des séraphins[23], Urbain Grandier fut condamné au feu, et cette triste et célèbre affaire, où Laubardemont avait joué un rôle plus actif que Satan, fit perdre aux possédés le peu de crédit qui leur restait encore.

Ainsi tout se mêle et se confond dans ces légendes de l'enfer, le rire et les larmes, le grotesque et le terrible, le mysticisme et l'impiété. L'homme a peur du diable, mais le diable n'a pas moins peur de l'homme. Il y a des oraisons qui font sur lui l'effet d'un coup de fouet, et il est contraint d'avouer qu'il lui serait plus facile de traîner un âne par la queue, de Ravenne à Milan, que de faire pécher ceux qui les répètent. On a vu des moines l'enchaîner avec leurs cordons, et le conduire en laisse comme un chien docile ; on a vu des vierges le chasser avec leur quenouille : c'est le loup vaincu par les agneaux. Honteux de ces défaites, Satan tombe alors dans une confusion extrême ; mais son impudence est si grande, il se croit sur le genre humain des droits de suzeraineté tellement imprescriptibles, qu'il va quelquefois se plaindre à Dieu lui-même des échecs qu'il éprouve sur la terre. Le jurisconsulte Barthole parle d'un procès en appel qu'il intenta, par-devant Jésus-Christ, contre les hommes qui avaient méconnu sa puissance ; saint Jean remplissait les fonctions de greffier, la Vierge, les fonctions d'avocat. Le diable perdit sa cause, et, lorsqu'il entendit l'arrêt qui le déboutait de sa demande, il se sauva en criant et en déchirant ses habits ; mais les anges, qui faisaient sans doute l'office d'huissiers, le reconduisirent garrotté dans l'abîme.

Jusqu'ici, dans l'histoire de ces relations de l'homme et du démon, nous avons vu le démon poursuivre l'homme et le soumettre malgré lui à son empire et à ses caprices : maintenant, les rôles changent. L'homme, à son tour, va de lui-même au-devant de Satan ; il l'appelle et l'invite, lui offre son ame en échange de ses services, et, à l'aide de certaines formules, il essaie de l'asservir à ses ordres et de lui dérober ses secrets. Parodie sacrilége des choses saintes, la sorcellerie institua des rites mystérieux pour contraindre Satan à manifester sa science, comme dans la religion les sacremens ont été institués pour manifester la grace ; science empoisonnée dans sa source, et qui porte en elle l'amertume et la folie, car on ne doit chercher la lumière, ainsi que l'a déclaré l'église, qu'en se tournant vers Dieu. Mais, malgré l'église, l'homme devait poursuivre jusque dans l'enfer même ce pouvoir que rêvait son orgueil, qu'implorait sa faiblesse, et cette connaissance supérieure que lui refusaient la science incomplète du moyen-âge et l'infirmité éternelle de sa nature et de sa pensée.

Chaque sorcier, en s'unissant avec le diable, en lui vendant son ame en échange de ses services, poursuit l'accomplissement de son rêve ou de sa passion. Les plus fous lui demandent la sagesse ; Albert-le-Grand, le mot des secrets de la nature ; l'abbé Trytheim, au XIVe siècle, le mot du mystère humain ; Faust, la science universelle. Corneille Agrippa, ce sorcier sceptique dont la vie s'est consumée, comme la lampe obscure des alchimistes, dans les réduits sombres et les veilles solitaires, Corneille Agrippa lui demande les problèmes d'une philosophie mystérieuse, et ce repos qui ne devait commencer pour lui que sous le pavé de l'église des cordeliers de Toulouse. Falstaff vend son ame, le jour de vendredi saint, pour une bouteille de vin vieux et une cuisse de chapon. Louis Gauffredi, de Marseille, se donne au diable pour inspirer de l'amour aux femmes rien qu'en soufflant sur elles. En 1778 même, un laquais de Paris, qui venait de perdre son argent au jeu, se vend dix écus pour avoir un enjeu nouveau, et, vers le même temps, l'Anglais Richard Dugdale, qui voulait devenir le meilleur danseur du Lancashire, se vend pour une leçon de danse. L'ame immortelle d'un chrétien, cette ame sauvée par le sang du Christ et estimée par l'homme et le démon dix écus, c'est là, ce me semble, une ironie bien amère !

Soyons juste cependant, même envers le diable : lorsqu'il *contracte* avec l'homme, Satan remplit ses engagemens avec une conscience singulière. Le superbe dépouille son antique orgueil ; il se laisse enfermer dans des coffres, dans des boîtes ; il se laisse même mettre en bouteille. Le pape Sylvestre, Simon-le-Magicien, Faust, l'avaient condamné à entrer, pour les servir, dans le corps d'un chien noir, et on l'avait vu sous cette même forme, et sous le nom de Monsieur, attaché pendant plusieurs années à la personne d'Agrippa. Tristes complaisances d'un jour qu'il fallait payer d'une éternité de souffrances ! car Satan ne se donnait pas, il se vendait, et se vendait cher. Le malheureux qui l'achetait souscrivait à son ordre un billet remboursable à vue, et, dans un délai fixé, il s'engageait à se livrer corps et ame. Cette terrible inféodation dans les domaines de l'enfer, avait, comme les contrats de la vie civile, sa jurisprudence et son style. C'était une véritable contrainte par corps sans délai et sans merci. La légende de Théophile, rêvée primitivement par Eutychien et transmise aux trouvères du XIIIe siècle par Siméon-le-Métaphraste et la nonne de Gandersheim, atteste que cette croyance aux pactes infernaux remonte aux origines même du christianisme. Heureusement l'église, à l'aide des exorcismes, forçait souvent le démon à se désister des titres de sa créance, et, dans le trafic des ames, ce banquier de tous les gens ruinés, qui faisait l'usure comme les juifs, éprouva comme eux plus d'une banqueroute.

On le voit : sur cette terre de misère et de douleurs, que les manichéens disaient née des pleurs de la tristesse et du désespoir égarés dans le vide, Satan avait tout à la fois des maîtres et des esclaves, des adorateurs et des ennemis implacables, une famille et des vassaux nombreux. Ce roi redouté, ce suzerain puissant qui possédait des fiefs dans tous les royaumes du monde, tenait, comme les rois et les barons du moyen-âge, cour plénière et lit de justice. Chaque année, la nuit de la Saint-Jean, chaque semaine, la nuit du jeudi au vendredi, il invitait à des fêtes solennelles, à des conciles impies, les adultères, les envieux, les hérétiques, les juifs, les femmes perdues, les filles qui souhaitaient de se perdre, et les méchans destinés à l'enfer arrivaient de tous les coins du monde à ces assemblées ténébreuses, si long-temps célèbres sous le nom de *sabbats*. Le diable, pour épargner à ses hôtes les fatigues du voyage, leur donnait un onguent magique à l'aide duquel ils traversaient l'espace à cheval sur un balai avec la rapidité de la pensée. Quelquefois même il leur prêtait ses épaules ; mais ce mode de transport n'était point sans péril, car il arrivait souvent qu'au milieu du voyage, le malin esprit, par simple fantaisie de mal faire, se cabrait comme un cheval rétif qui sent les éperons, et les cavaliers désarçonnés se brisaient le corps en tombant de la région des nuages.

Il est parlé dans les *Capitulaires* de femmes qui voyageaient la nuit à travers les airs pour aller visiter le démon *Dianum*. C'est là, en France, la plus lointaine et la première mention du sabbat : mais c'est une mention vague et sans détails. Du XIIIe au XVIe siècle, les renseignemens abondent. Dans ces drames fantastiques, l'unité de temps et de lieu est sévèrement observée ; la scène se passe la nuit, dans les bois, dans les cimetières, auprès des ruines et dans les lieux solitaires souillés par des meurtres. Satan préside, assis sur un trône et toujours sous une forme hideuse : c'est un crapaud couvert de laine ou de plumes, un corbeau monstrueux avec un bec d'oie, un bouc fétide qui rappelle à la fois le dieu Pan et Azazel, le bouc maudit qui se retira dans le désert chargé des iniquités du peuple d'Israël ; c'est un homme blanc et transparent de maigreur, dont l'haleine glacée donne le frisson. Une lampe sans huile, comme ces lampes éternelles qui brûlaient dans les tombeaux des martyrs, répand sur l'assemblée une lueur tremblante et sombre. Les assistans ont le blasphème sur les lèvres et l'impureté dans le cœur ; des païens disent la messe et crachent sur l'hostie ; Satan prêche l'impiété et le péché ; on lit l'Évangile pour en rire, on lit les pères pour insulter à leur foi ; les mystères obscènes de l'antiquité se confondent avec la liturgie catholique, et tous les instincts de la chair s'exaltent et triomphent. Lorsque le sabbat se réunit la nuit des fêtes où l'abstinence est commandée par l'église, Satan, pour outrager l'église, donne un repas splendide ; les assistans portent des toasts à la ruine de la foi, à l'hérésie, à l'ante-christ, et le sombre amphitryon, pour égayer les convives, chante, comme les jongleurs dans les repas des barons, des histoires du vieux temps qu'il emprunte aux chroniques de l'enfer. Dans les sabbats flamands des premières années du XVIe siècle, le diable donnait quelquefois de grands bals où la toilette de rigueur était une nudité complète. Un vieux Turc ouvrait la danse avec une jeune religieuse ; on voyait les sorcières, emportées toute la nuit par une ronde effrénée, frémir et se débattre sous d'invisibles baisers, et, la fête terminée, elles rendaient au diable en s'agenouillant, le plus hideux hommage que puisse rêver une imagination en délire.

Que cherchaient donc les hommes du moyen-âge dans ces sombres orgies ? Cette triste et persistante aspiration vers les mystères d'un monde fantastique ne suffit-elle pas seule à prouver combien était profonde la misère de ces temps barbares ? Ceux qui croient et qui espèrent, et qui cependant ne trouvent point le bonheur dans leur foi, se réfugient, par l'extase et la vision, dans les joies et les clartés du ciel. Ceux qui doutent, qui blasphèment et qui souffrent, ceux qui n'ont pas le pain quotidien que Dieu n'accorde pas toujours à la prière, les méchans qui rêvent le crime, les ames souillées qui rêvent des plaisirs qui ne sont pas de ce monde, s'envolent aussi vers des régions inconnues, mais en se tournant vers l'autre pôle, et les proscrits du moyen-âge demandent au proscrit de l'abîme les biens réprouvés que le monde leur refuse, les joies coupables qu'ils n'oseraient demander à Dieu. De là une double extase, une double vision qui s'accomplit, l'une au ciel, l'autre en enfer. L'église punit en vain de l'anathème et de la mort les pactes criminels conclus avec Satan ; en vain d'un même tison elle allume le bûcher de l'hérétique et le bûcher du sorcier : cette réprobation même ajoute à l'erreur une consécration nouvelle ; les *stadingiens* et les *vaudois* confessent devant la torture catholique les mystères du sabbat, comme les catéchumènes avaient confessé en face des bourreaux païens les mystères des catacombes. Le rêve persiste devant la réalité des supplices, et l'impiété, la folie, comme la foi, ont leur martyrologe.

Maintenant fermons le grimoire : *vade retro, Satanas,* et qu'une dernière et moins sombre évocation fasse apparaître devant nous tous les collatéraux du diable, gracieux fantômes, lutins, fées, sylphes et follets, génération amoindrie et raffinée des vieux démons chrétiens, qui mêle aux traditions de ces maîtres redoutables les souvenirs de la mythologie païenne et les légendes du monde scandinave. — Dans ce royaume des fictions dont elles partagent le sceptre avec Arthur et Merlin, les fées n'exercent qu'une aimable puissance. Reines folâtres et capricieuses, elles portent pour sceptre une baguette d'ivoire, et quand le printemps ramène les beaux jours, les jours harmonieux tout chargés de frais désirs, elles parcourent les plaines limpides de l'air dans une coquille de nacre traînée par des papillons. Tout ce qui s'épanouit, sourit et chante, les fleurs, les femmes et les oiseaux, les charme et les attire. Aux heures étoilées de la nuit, elles éveillent les brises légères qui bercent les nids sous le feuillage ; elles sèment sur les feuilles des lis, des perles liquides, ou portent aux vierges, plus blanches que les lis, les premiers rêves d'amour. On les a vues souvent, aux noces des châtelaines ou au baptême de leur premier-né, chanter et dire des vers, car elles aiment la musique et la poésie, et, seules parmi les nombreux sujets du monde fantastique, elles cultivent les arts et les lettres. Mais hélas ! ces fées bienveillantes, dont le pouvoir ne se révèle que par des actes gracieux, sont assujetties, comme l'homme, aux lois de la mort. Satan, qui vit pour le mal, est immortel ; les fées, qui vivent pour le bien, ne comptent que des jours rapides et bornés sur la terre qu'elles consolent. Elles subissent ainsi la destinée commune, et, comme les plus belles choses, elles brillent *l'espace d'un matin*, pareilles à ces palais, frêles monumens de leurs caprices, qui s'évaporent comme une bulle d'eau sous un rayon de soleil. Heureusement, pour les fées comme pour l'homme, tout ne finit pas à la tombe, et elles ont aussi leur paradis, qui est situé au pays d'Avallon.

Non, vous n'avez point péri tout entiers dans le naufrage du vieux monde, pénates protecteurs du foyer, divinités champêtres qui descendiez des Apennins pour soigner les chevreaux d'Horace ! Dans ce moyen-âge qui a brisé vos autels, je vous retrouve vivans encore, sous des noms nouveaux, dans les bois, au bord des fleuves, au fond des antres sonores. Les esprits élémentaires de la cabale ont recueilli l'héritage de ces dieux antiques, qui étaient comme la riante personnification des forces productives de la nature. Les sylphes, descendans directs des satyres et des sylvains, peuplent la solitude des bois et des vallons, et, le long des sentiers fleuris, ils agacent les jeunes filles, comme leurs aïeux lascifs agaçaient les nymphes. Les ondines se sont couchées sur les lits de joncs des naïades, au bord des sources, leurs frais royaumes. Les *alastors* veillent sur les chemins, les gnomes sur les vallons. Chaque peuple, chaque contrée, chaque village a son esprit familier, comme dans les jours antiques chaque foyer avait son dieu. En Allemagne, le démon de Socrate se change en follet ; en Écosse, il se change en *gobelin* ; et là, comme le dit un conteur dont la plume est une véritable baguette de sorcier, « sa vie mystérieuse est liée à la cabane du pâtre ; il habite, dans l'âtre domestique, les pans couverts de suie de la cheminée, et les fentes de la muraille, à côté de la cellule harmonieuse du grillon. » Doux et serviable, mais capricieux comme un enfant gâté, le follet trait les vaches à l'étable, garde les troupeaux dans les montagnes, ou glane, pour la famille qu'il protége, les épis oubliés dans les champs. En Allemagne, il va, dans les forêts aider les bûcherons à tailler les vieux arbres qui résistent à la hache ; il va dans les mines, les bras nus et le tablier de cuir serré autour des reins, tourner la grue avec les mineurs et les défendre contre le génie aux flammes bleuâtres qui veille dans les gouffres éternels. Non moins complaisant que cet esprit romain qui venait la nuit raser et coiffer, chez Pline-le-Jeune, l'affranchi Marcus, le follet se charge des plus humbles soins de la maison, et descend avec complaisance de la poésie à la prose.

Cette rêveuse Allemagne, qui se berce avec amour des récits des vieux temps, a gardé dans ses annales la mémoire et les noms de ces esprits qui venaient, dans un autre âge, visiter ses blonds enfans. Elle se rappelle encore Heidekind, le lutin de l'archevêque, qui éplucha pendant trente ans les légumes du dîner épiscopal : elle se rappelle ce démon qui, sous la forme d'un jeune page, s'attacha pendant dix ans, en qualité d'écuyer, au service d'un baron. Jamais, sur les bords du Rhin, dans les vieilles salles des châteaux, page ou servant d'armes ne se montra plus fidèle et plus empressé. Quand le baron partait pour la chasse, le lutin tenait l'étrier et serrait la bride au cheval rétif. Quand le baron marchait à la guerre, le lutin marchait devant lui pour éclairer la route ; c'était l'amour de Kaled pour Lara. Un jour, la femme du chevalier tomba malade, et le lutin la frotta d'un onguent qui lui rendit à l'instant même la fraîcheur de la santé. « Qui donc es-tu, demanda le baron tout ému de reconnaissance, toi qui as rappelé de la mort la femme que Dieu m'a donnée pour compagne ? — Je suis un démon. » Le chevalier fit le signe de la croix. Le lutin sourit et ajouta : — Rassurez-vous, le seul bonheur qui me reste est d'habiter avec les hommes, et de leur être utile. — Ange ou démon, reprit le chevalier, qui que tu sois, je te dois une récompense, et je t'offre la moitié de mes biens. — Gardez vos biens, mais donnez-moi cinq sols. — Cinq sols, dit le chevalier tout étonné, et que veux-tu faire d'une pareille somme ? — Je veux, répondit le lutin, acheter une petite cloche, et la placer dans cette pauvre église pour appeler les fidèles à l'office du dimanche. — Le chevalier donna les cinq sols, et le démon acheta sa cloche. — Je sais encore sur ces hôtes mystérieux de longues et bizarres histoires ; mais qui oserait parler des lutins et des fées après Shakspeare, qui a chanté

Titania ; après Nodier, qui a conté les aventures du lutin d'Argail ?

Tel est dans ses aspects fantastiques et variés ce monde de la diablerie, qui s'est évanoui devant les clartés de notre âge, comme ces palais de Morgane qui disparaissaient aux rayons du jour. Banni du ciel par la colère de Dieu, banni de la terre par le scepticisme des hommes, Satan s'est replongé dans ses ténèbres, et cependant nous pouvons dire encore, comme au temps de Salvien : *ubique dæmon*, car son souvenir est partout, dans le conte populaire, dans la poésie, dans l'art. On lit dans les légendes qu'avant de disparaître du monde, il a voulu laisser parmi les hommes des traces de son passage, et qu'il a élevé, comme Cécrops, des monumens impérissables pour sauver sa mémoire. En Angleterre, il a bâti l'abbaye de Crowland ; en Allemagne, il a tracé le plan de la cathédrale de Cologne. Enfans d'un siècle où l'enfer même est mis en question, nous ne nous inquiétons guère de cet invisible ennemi qui sera peut-être un jour notre maître à tous ; et si son nom redouté revient sans cesse sur nos lèvres, c'est qu'il s'est réfugié dans le langage familier, comme les dieux détrônés du paganisme s'étaient réfugiés dans la poésie. Le mot *Dieu*, ce mot sacré, ne s'échappe de notre bouche qu'aux heures solennelles, dans les grands dangers, dans les grandes douleurs, au dernier moment, et le plus souvent comme un blasphème. Le mot *diable*, au contraire, s'en échappe à tout propos, et, tour à tour exclamation, terme de comparaison, adverbe ou substantif, il nous rappelle tout le passé du démon par des locutions familières qui courent le monde. Ouvrons ces vieux livres qu'on cite sans les lire, son nom est à toutes les pages. Les pères et les docteurs, tous les anges de l'école, lui consacrent au moins un chapitre, et sa psychologie est comme l'appendice de la théodicée. Proclus et les Alexandrins traitent de sa substance, Psellus de ses opérations mystérieuses, saint Thomas de sa destinée tout entière ; Torquemada, Michaelis, Maidonat, de sa méchanceté et de ses ruses ; Pierre de Lancre, de son inconstance. Au XVIIe siècle, l'Anglais Jean Dee lègue à la bibliothèque d'Oxford l'histoire de ses conférences avec les esprits infernaux ; Jacques Ier d'Angleterre oublie, pour s'occuper des états de Satan, les soins de son propre royaume ; Delrio et les inquisiteurs qui font brûler les sorciers en confirmation de leurs syllogismes, déclarent que nier le diable, c'est douter de Dieu, et ces jurisconsultes démoniaques, ces procureurs-généraux de Beelzébuth, comme les appelle Voltaire, rédigent le droit coutumier de l'enfer. La philosophie elle-même, lorsqu'elle s'élève aux dernières hauteurs, s'inquiète encore du démon, et Leibnitz lui donne une page dans la *Théodicée*.

Sur le théâtre obscène et mystique de nos pères, Satan partage avec les empereurs romains, les saints et la Vierge, les honneurs de la scène, et, chose singulière, qui cache peut-être un ironique blasphème, le plus souvent il a les grands emplois. Sa haine est le nœud de l'action comme l'amour est le nœud de la tragédie classique, tandis que Dieu, réduit au rôle de figurant, reste étranger à la mêlée dramatique, pareil à ces dieux de l'Olympe qui assistaient, sans y prendre part et sans en être émus, au drame bouffon, à la farce mêlée de larmes que l'humanité jouait sous leurs yeux. C'était au moyen-âge un insigne plaisir, un honneur vraiment municipal, pour les bourgeois et les gens de métier, de faire le personnage du diable, et de notables priviléges étaient attachés à ce rôle. Ainsi, à Chaumont, les acteurs qui l'avaient rempli pouvaient, pendant huit jours, vivre à discrétion dans le pays. De là ce dicton resté populaire : « S'il plaît à Dieu, à la sainte Vierge et à monsieur saint Jean, je serai diable et je paierai mes dettes. » Satan tenait même une si grande place, au XVIe siècle, dans les drames, que le nom de *diableries* fut donné à certaines pièces de théâtre. Les petites *diableries* étaient représentées par deux personnages, les grandes par quatre : de là cette locution proverbiale : *Faire le diable à quatre*. — Dans l'épopée, Satan garde encore les grands rôles. Chez Dante, il apparaît tel que l'avait rêvé le moyen-âge, horrible et informe. Chez Milton, il se transfigure et reprend quelque chose de sa beauté primitive ; il est éloquent comme les dieux d'Homère, et quelquefois bavard comme eux.

Le sculpteur, ainsi que le poète, s'inspire du démon ; sur la pierre comme dans le poème, c'est toujours le même type, un type hideux et sombre, le symbole d'une nature dégradée, tombée de l'état d'intelligence au rang des animaux monstrueux : il a des cornes, des pieds de bouc, et porte quelquefois un masque sur le visage ou sur toute autre partie du corps, pour témoigner de la duplicité de sa nature. Au XIIe siècle, on le voit sur les églises chrétiennes, comme les dieux infernaux de l'Égypte, debout auprès des balances qui servent à peser les actions des morts, et cherchant à faire pencher les bassins de son côté. Dans les scènes de l'enfer et du jugement dernier, il apparaît, comme les bourreaux, armé d'instrumens de torture ; sur un bas-relief de la cathédrale de Chartres, il pousse à coups de fourche les damnés dans l'énorme gueule d'un dragon. Sur le tombeau de Dagobert, il conduit, en la maltraitant, vers les manoirs de Vulcain, *in Vulcania loca*, l'ame souillée de ce roi. L'église, qui instruit par la statue et le vitrail autant que par la glose et le sermon, sculpte ainsi la légende pour retenir, par la peur, les fidèles dans la voie du bien, en même temps qu'elle leur rappelle la laideur du péché dans ces figures grotesques et incomplètes qui se tordent et grimacent sur les chapiteaux romans, pareilles à ces hommes que Hugues de Saint-Victor nous montre mutilés par le vice, sans oreilles, sans lèvres et sans bras, se roulant sur un tronc déformé, et cherchant en vain à rapprocher leurs membres désunis. Ici l'art a exprimé la victoire du diable sur l'homme ; ailleurs il exprime, sous d'autres symboles, les victoires de l'ange et de l'homme sur le diable. Le dragon terrassé par saint George ou l'archange Michel n'est autre que l'emblème de Satan. La liturgie, dans ses rites, reproduit également le souvenir des défaites de l'esprit malin. Les gargouilles, les tarrasques, les basilics, tous ces animaux monstrueux qu'on promenait en certaines villes aux processions solennelles, et qu'on jetait ensuite à la *sépulture des ânes*, comme les excommuniés, c'était encore le diable qui suivait, enchaîné comme les captifs dans les triomphes romains, la châsse du saint qui l'avait vaincu.

IV.

En suivant, à travers le moyen-âge, cette antique et sombre légende du démon, le cœur se serre, l'esprit s'afflige, et on se demande si la raison humaine n'est pas un vain mot inventé par l'orgueil. Pour expliquer ces rêveries où se mêlent et se confondent le mysticisme et l'impiété, le terrible et le grotesque, on invoque d'abord l'ignorance et la barbarie des temps ; mais, quand la réflexion patiente a creusé cette ténébreuse histoire, des horizons plus larges se découvrent, et l'on ne tarde point à reconnaître que toute superstition a ses antécédens et ses motifs. Ainsi la croyance aux revenans n'est que le résultat du dogme de l'immortalité. La seconde vie, telle que le christianisme la révèle, telle que nous l'espérons, se continue avec la mémoire et les affections de la vie première ; dès lors, pourquoi l'ame qui se souvient de la terre, l'ame libre et dégagée de ses entraves, ne retournerait-elle pas vers cette terre qui garde son enveloppe mortelle, où le souvenir la rappelle et où pleurent ceux qu'elle a aimés ? Dans ces mystères de la mort, la crédulité qui nous fait sourire n'est donc que la conséquence immédiate de la plus chère des espérances qui nous consolent.

Il en est de même de la croyance à l'astrologie, qui a sa racine dans la science. L'astrologie cherche dans les cieux le secret des choses futures ; on croit à ses jugemens ; pourquoi ? Parce qu'en empruntant en quelques points la certitude au calcul, elle a prédit quelquefois les révolutions qui s'accomplissent dans l'espace. Elle avait deviné l'avenir dans l'infini ; elle devait donc, avec plus de rigueur encore, le deviner dans le cercle étroit de la vie et du monde. L'homme, alors même qu'il s'égare dans l'absurde, a donc toujours quelque raison de croire et cherche pour ses rêves un point d'appui dans les choses rationnelles. La foi dans l'erreur n'est point le résultat passager d'une éclipse de la raison universelle qui commence à telle heure et finit à telle autre ; l'erreur elle-même n'est point le fait exclusif d'un homme ou d'un siècle, mais la conséquence persistante, et souvent logique, des faiblesses, des aspirations éternelles de notre nature.

Le moyen-âge croit à l'intervention active et incessante du diable dans les affaires du monde, et il invoque en faveur de cette croyance la tradition universelle, ce *quod semper, quod ubique* de l'école, qui s'applique au mensonge aussi bien qu'à la vérité. C'est que l'humanité tout entière, et dès les premiers jours, a conçu la notion de Satan par la conscience même des maux qu'elle a soufferts. Quand Bardesanes, Manès, Priscillien, qui revivront au moyen-âge dans les *Sataniens* et les Vaudois, élèvent le diable jusqu'à l'idée de cause et le font en quelque sorte le vice-roi tout-puissant de ce monde, c'est qu'ils cherchent à sauver le dogme de la toute bonté divine, et ils se rejettent ainsi dans l'hérésie pour échapper au blasphème.

Chose vraiment remarquable et triste ! des superstitions inouies s'entassent autour du dogme comme les masures au pied des cathédrales, et, quand l'esprit d'examen s'insurge, il s'attaque au dogme et respecte, les superstitions ! Ainsi l'hérésie nie tour à tour la divinité du Christ, la pureté de la Vierge, les sacremens, la morale même de l'Évangile ; mais elle respecte le diable, elle exalte sa grandeur, et recule même, avec Luther, les bornes de son empire. Vivante incarnation des sept péchés qui tuent l'ame, Satan est comme un second dieu dans la création, le dieu des méchans, des ambitieux, des avares. L'adoration se partage en quelque sorte, et, tandis que le mysticisme cherche en Dieu, dès cette vie, le repos, la connaissance absolue, tous les biens immortels, la sorcellerie cherche dans le démon la santé, la puissance, la science, la fortune, l'amour, tous les biens périssables. Cette antique et sombre légende du diable est peut-être le symbole le plus amer de la tristesse infinie qui est dans tous les temps et dans toutes les choses, des semences du vice, de l'obscur instinct du mal qui est au fond de toutes les ames, et, malgré sa folie, son impiété même, elle a exercé sur le passé une influence utile. Dans cette vie, qui est tout à la fois une expiation et une épreuve, le chrétien, en face de cet ennemi qui l'obsède, est toujours armé pour le combat et soutient la lutte avec confiance, car il sait que Satan ne peut vaincre que celui qui cède la victoire : *Non vincit nisi volentem.* Les luttes des saints et leurs triomphes raniment, par l'exemple du courage et de l'effort, son courage prêt à faiblir, et dans les plus naïves légendes le dogme imprescriptible de la liberté humaine reçoit une consécration nouvelle. Durant ce long règne, qui s'est maintenu pendant près de dix-huit siècles, Satan a inspiré plus de terreur que Dieu n'a inspiré d'amour ; mais par cette terreur même il a donné à l'homme, pour le bien, une force et une confiance qu'il ne puise pas toujours dans la foi, et plus d'un saint lui doit peut-être son auréole et son salut. Joseph de Maistre aurait-il raison ? L'exécuteur serait-il la pierre angulaire de toute société humaine ? et, pour maintenir dans le devoir ce monde indocile et turbulent, Dieu, comme les rois mal obéis, a-t-il besoin d'un bourreau ?

Ch. Louandre.

1. ↑ Clementis Alex., Homil. xx.
2. ↑ Alio tempore transformat se dæmon in caudam vituli… (Tissier, *Biblioth. Cisterciensis*, II, 129.)
3. ↑ Mingi, *Fustis dæmonum*, pag. 27, 1584, in-8°.
4. ↑ *Bibliot. cisterciensis*, II, 133.
5. ↑ Dom Gervaise, *Vie de saint Épiphane*, 1738, in-4°, p. 200.
6. ↑ Saint Athanase, *Vie de saint Antoine*, traduite par Arnaud d'Andilly ; in-f°, 1675 ; t. II, p. 54 et suiv. — Jac. de Voragine, *Leg. sanctorum*, leg. xxi.
7. ↑ *Acta SS. Bened.*, t. II, p. 168.
8. ↑ Agrippa, *De occulta philosophia*, lib. I, cap. iii.
9. ↑ Beausobre, *Hist. du Manichéisme*, t. I, p. 59.

10. ↑ Lengtest Dufrenoy, *Dissert. sur les Apparitions*, t. I, IIe partie, p. 30 et suiv.
11. ↑ De Burigny, *Vie d'Érasme*, t. II, p. 200.
12. ↑ Bayle, v° Élie.
13. ↑ *Vie de Guibert de Nogent*, collect. Guizot, IX, 995.
14. ↑ *Biblioth. cisterciensis*, t. II, p. 53.
15. ↑ *Le Comte de Gabalis*, Paris, 1670, in-12 ; pag. 216,
16. ↑ Acad. des Inscript., VI, 613.
17. ↑ Cassien, *Conférences*, lib. VII, chap. xv.
18. ↑ Josephi, *Ant. jud.*, lib. VII, cap. xxv.
19. ↑ Boulaize, *Trésor de la victoire du corps de Dieu*, 1578, in-8°, pag. 71.
20. ↑ Martene, *De Antiq. ecclesiæ ritibus*, t. II, p. 993.
21. ↑ Lebrun, *Hist. des pratiques superstitieuses*, t. II, p. 28.
22. ↑ Boulaize, *Trésor de la victoire du corps de Dieu*.
23. ↑ La déposition du démon Astaroth, avec signature et paraphe, est conservée parmi les pièces du procès de Loudun, à la bibliothèque du Roi.